KB110722

흰 이마가 단단하구나

예술가시선 16

흰 이마가 단단하구나

초판 1쇄 발행 2018년 9월 15일

저 자   심상숙
발행인   한영예
편 집   지 금
디자인   이길한
펴낸곳   예술가

주 소   서울특별시 송파구 문정로13길 15-17, 201호
등 록   제2014-000085호
전 화   010-3268-3327
전자우편   kuenstler1@naver.com

ⓒ 심상숙, 2018
ISBN 979-11-87081-10-4 03810

이 도서의 국립중앙도서관 출판예정도서목록(CIP)은 서지정보유통지원시스템 홈
페이지(http://seoji.nl.go.kr)와 국가자료공동목록시스템(http://www.nl.go.kr/
kolisnet)에서 이용하실 수 있습니다. (CIP제어번호 : CIP2018017631)

흰 이마가 단단하구나

심상숙 시집

2018

詩人의 말

내를 따라 걸어 내려오는 동안
부드럽고 장중한 징 소리를 생각합니다.

갓 말문을 뗀 서툰 언어로
문단의 여러분들께 누가 되지 않기를 바랍니다.

2018년 여름
심상숙

흰 이마가 단단하구나

차례

詩人의 말

제1부

3월의 눈과 펭권의 거짓말

제2부

물고기들의 어두운 물속 지도처럼

제3부

사진의 뒷면

제4부

사과를 깎는 시간

제1부

3월의 눈과 펭귄의 거짓말

명중

물 조루 소리 졸졸거리는 그녀는 섬이다
꽃그늘 하나 수굿이 물가에 데리고 젖가슴처럼 떠 있는,
신랑 대신 그가 공장을 짓고 야들야들한 콩나물을 오래도록
길렀단다

그녀의 섬에서 찌르레기가 운다
하와이에서 쏘아보낸 영상이다
불쑥, 내 턱밑으로 스마트 폰을 들이민다
흔들리는 코밑에 껌껌한 화면을 또 흔들어댄다
외손자가 첫 숟가락질을 배워 제 손으로 입에 밥을 떠넣는 영
상이다

아이의 밥숟가락을 제 입안으로 맨 처음 명중시키는 경이로움,
명중의 달인이 될 외손자의 입가엔 밥풀이 덕지덕지 붙어있다
물 조루 달인인 그녀의 웃음이
검은 보자기를 들춰낼 때의 콩나물시루처럼 환하다

그녀의 입술이 과녁 같다

평창 가는 장승
—아라리 따라

봄이 오면 아라리 따라 나, 평창 가겠네

동막골 고샅 머리 이끼 낀 장승되어
개울가 맑은 물에 정강이를 담그고
메밀밭 머리에 핀 달빛처럼,

계방산 밑 저잣거리 콧등치기 메밀국수 한 젓가락에 후루룩,
번들거리는 그대 콧등에 불콰해진 내 얼굴 비추어보겠네
먹기는 아귀 같고 일은 장승이라니
콧등에 메밀 기름 훔치며 국숫값 받아먹느냐고 주정 한번 부
려보겠네

봄이 오면 아라리 따라 나, 평창 가겠네

월정사 종소리 너머 적멸보궁 햇귀 밟고
일천오백 미터 비로봉을 다시 한번 오르겠네
내가 딴 취 그대 걸망에 넣어주며
삭은 나무 등걸 밑 푸르게 숨겨둔

손등 긁히던 장승의 봄을,

십리에 장승 서듯 아라리 길목마다
나, 춤 한판 추어보겠네
정승 못하면 장승이라고,
강릉이 고향인 구순 어머니 달처럼 등에 달고

봄이 오면 아라리 아라리 나, 평창 가겠네

배경背景

저기, 걸어오는 이가 있다
그가 좀 더 가까워졌을 때,
산딸나무 한 그루가 자리를 옮긴다
헐벗은 주변이 밝아졌다

살갗 투명해져 뼛속 환해지기까지
얼마나 비워야 맑은 그늘하나 키워낼 수 있을까
말들이 못물 위로 가닥가닥 떠오르고 있다
나는 목발 짚고
찰칵, 그의 입꼬리를 멀찌감치 둥글리는 흐릿한 배경이 된다

웃자란 꽃가지와 겨울 햇살을 싹둑 잘라내는 아침
창밖의 눈밭에 희고 눈부신 토끼 등허리
가슴께로 펄쩍 뛰어오르는 광야廣野가 문득, 성성聖성하다

눈을 떴을 때 나는 한가운데에 앉아있었다

부드럽고 은은한 조명이 내 안까지 비추어온다

돌아보니,
아이와 엄마와 가족이
그 맑고 환한 순간의 영원이듯
한곳으로 바라보는 눈빛,
무한 속으로 정지되어 있다

증명이듯 플래시가 펑, 터지고 있다

시네나리아 피는,

툭 건드림은 소스라침으로부터의 초대
망상의 거리에 맨발로 나선다
해지며 어둠내리는 푸른 잔등허리
돌연한 발돋움이 눈시울 뜨겁다
치켜든 병 꽃나무 가지 아래
기약 없는 꽃들 에덴동산 적에도 출렁이었을까

바다 건너 카나리아햇살 목청을 뚫는다

총총히 오고 있는 이여
궁창 아래 풀처럼 그냥 살라던,
먼 길 어디쯤일까
자색 쯤
적색 쯤
혹은 분홍 쯤
아니 하얗게 오고 있는 거야
손사래 내저으며
두고 온 손수건 씻어 접어 말없이 건네주러

발아래 카펫 위 꽃 그림자 붉다

에덴동산 적 꽃들 이슬 다 붉어지도록 소란스러웠을까

해산하는 여자들

46억 년, 온난화, 운석 충돌, 화산 폭발, 소행성 충돌과 대멸종,
나는 몇 번을 다시 태어났나

능선 바위벽에 새겨놓은 아이 낳다 죽은 여자 그림
산고의 끝에 길게 누워버린,
보도블록 위에 아이 밴 여자가 뒤로 넘어질듯 걸어간다

선 채로 해산하는 여자 없다

오래 전 세상의 딸
어린 손을 밀어 넣어 아우를 끄집어낸다
'살아남아야 해'
태어나는 우주는 언어의 흔적을 새기며 발아한다
'살아남아야 해'
개미 한 마리가 반짝 공空을 들여다보는 순간, 새 한 마리의 외
침!*
멈추었던 구름이 흐르기 시작한다
인류의 종種은 오로지 지구를 기록해 나가야 하기 때문,

아직 나의 지구는 나빠지지 않았어

내가 물결 속에 들었을 때, 발밑에 반짝이는 별빛
예전에도 그랬겠다
왜 안 그랬겠어요
　나귀와 너구리는 노아의 방주 고페르 목재 바닥에 제 種을
번식시키기도 했겠지요

* 토마스 트란스트뢰메르의 시 「자정의 전환점」에서 인용.

3월의 눈과 펭귄의 거짓말

삭아내린 등뼈 자리에 눈 자국 남아 흰 등줄기가 되었다
등뼈들 지난밤 서로 휘어지다가
흰 넥타이를 등 뒤로 돌리고 선 남극의 펭귄처럼
오래된 울음,
내 울음의 입은 차가운 입술을 가지고 있다
하나같이 발돋움한 눈동자로 호수를 들여다보는
녹아내리지 못한 거짓말과 녹아내린 거짓말 사이에 남쪽이
있다
호숫가에 곧 사라질 새들의 흰 발자국,
남쪽의 말들은 눈이 부시다

끝없이 달리는 낯설고 아득한 평원 그 너머로 해를 놓치는 순
간처럼 캄캄한 잠을 놓치네, 아득한 성당 꼭대기로 우윳빛 조각
품을 올려놓다가 낙엽 지듯 사라졌을 노예들, 한 달은 기쁘고
두 달은 서러워지는 것들, 알래스카 푸른 강물에 붉게 취한 펭
귄의 노래

크리스마스카드 속으로 드나드는 새하얀 길 위를 걷는다

하루저녁 사이 훌훌 눈을 벗는 숲속 나무들
눈이 싫어 안 먹겠다고 고개 젓던 펭귄은
곁의 발 갈퀴 위로 작은 돌멩이 하나 얹는다

빙하의 언덕에서 차가운 말들 등줄기에 새겨둔 채,
그 길 위를 떠도는 3월의 눈이
봄의 바깥을 안으로 껴안네

보도블록은 왜 뒤뚱거리는가

아현역에서 추계예대까지 보도블록을 걷는다
삼십 리 흙길 어디가고 팔백 미터 길 뒤뚱거린다
가령, 내 살아남을 그만큼 거리라면
발 아래 보도블록 몇 장이 남은 며칠 같고,
또 견뎌야 할 여러 날이다

갈아엎지 못해 세워둔 겨울배추 두둑처럼
누렇게 얼어붙은 숨 줄기도
하릴없이 얼음 반짝일 때가 있다
쇠심줄보다도 뚝심지고 쓸데없이 질긴 것,
도마 위로 칼을 휘둘러 내리쳐본 이는 안다

간혹
연탄구멍 속에서 소리 없이 흔들리는 제비꽃
어두운 잎새 뒤
지하도 화장실 쪽잠으로 언 겨울을 건너는
울음소리를 내지 않는 사람들,
보잘 것 없는 인생, 꿈틀거리는 내 발가락이

잠시 따스했을 그 꿈결을 밟는다

낮은 바람에 흔들리는 제비꽃 몇 송이를 건너 뛴다

빗방울 질 저 구름덩이도
멀리 낮아 보이는 산봉우리도
열아홉 그대의 맑은 창호 밖에서
따스한 귀를 걸고
기다리고 있다

목련 근처에서

사우나탕에 비구니 좌선으로 김을 다스리고 있네
비구니 민머리 뜨거웠는지
알몸을 움찔,
엉덩짝을 번쩍 들어 공든 허공을 부수네

비구니 앉았던 자리
내 처음으로 뜨거운 부처 한번 되어보려는데
비구니 환히 다시 들어서네
-이곳 물이 끈적이지 않고 좋아요-
물이 끈적거리지 않는다는 것
지극히 맑은 물을 써본 사람만 알겠네

발그레 달구어진 비구니
알몸 담겨진 탕 물이 휘청, 스물거리네

힘껏,
뽀얀 젖가슴을 동여 싸던 비구니
내 목마른 생각을 어떻게 알았을까

가슴을 밖으로 봉긋이 흘린 채
먼저, 탕 쪽을 향해

여기요!

순간,
목련 한 송이 막 터지는 줄 알았네

흰 이마가 단단하구나

책상 위에서 달그락거리는 약수터 조약돌을 만지작거린다
아득하게 멀어졌다가
다가오는 발자국 소리

벽 쪽으로 돌아누우며 혼잣말을 끌어 덮던 친구
외국에 가족을 두고 오래 홀로 걷던 외발자국 소리

손바닥 위의 차가운 체온이 묵직하다
모난 제 앞가슴 지그시 눌러
약수 물 푸르도록 괴고

약수터로 내딛는 길 위에 오독하니 얹혀져
아침을 밟고 내려서는 이를 뜻밖에 뒤뚱거리게 하던
흔들리는 몸속에 기울지 않는 수평저울 추 하나씩 나지막이
매달아주던

조각달 부풀어 멈춘 산 꼬리를 환하게 채워오는 물때가 되면
수평을 향해 달려간 물결, 되돌리게 한 힘이 바로 너였구나

〈

흰 눈 쌓인 돌짝 아래 풀씨,
차가운 품 헤집어들 때
가슴께 열어 따스하게 품어주던

들어서 놓을 때마다 맑은 소리로
중심을 향하여 날개를 다는 작은 조약돌

오래 밟힌
너의 흰 이마가 단단하구나

물푸레나무 그늘

오색딱따구리 새끼가 첫 비행을 한다
어미 새가 나무주위를 빙빙 돌며 날개를 대차게 친다

발달장애로 키가 너무 큰 아들은 영문 모르는 새소리를 내며
아버지를 따른다
키 한 벌 눕힐만한 너울거리는 간격,
아버지 발에 아들의 그림자가 허드레로 출렁인다

연못에는 노란붓꽃이
앞서 핀 꽃을 따라 다투어 피어난다

물푸레나무 그늘 아래
두 팔을 젓는 아버지와 아들
통나무벤치를 사이에 둔 채 서로 마주보며
허리를 돌리고 고개를 젖히며 몸을 열고 있다

꿀꺽꿀꺽 물푸레그늘을 삼키는 소리 들린다
뒤로 고개 젖힌 아들의 벌어진 입속에 초록이 환히 차오른다

〈

후두둑

소나기 쏟아진다

커다란 물푸레나무 아래 고등어 한 손 되어

더 크고 실한 아들이 조그만 아버지를 덥석 품는다

시인의 구멍가게

영랑슈퍼 영랑맨션, 그리고 영랑여관
죽은 시인의 이름으로 새우깡을 팔고
여관 빈방 열쇠를 내어주고
죽은 시인의 이름이 살아있는 자의 어깨를 부추기는 거리

붉게 피어나기까지
모란은 회색 뼈 모진 각을 품었다
여러 해째 사랑채 뒤란 대숲 바람은
돌담에 긴꼬리 새들 나르고
담쟁이넝쿨 손바닥엔 저녁물이 들었다

현관 문자들 조용히 귓속말 걸어오고
저녁을 기웃대는 갯바람에
영랑의 옷자락 부스럭거린다
바윗돌 멍을 이고 피워올렸을 모란의 봄은
얼음장 밑으로 흐르고 또 흘렀으리

길가의 작은 돌맹이 하나를 발로 찬다

생전의 영랑이 툭툭 차고 다녔을,
내 죽은 이름으로 누가
길모퉁이 구멍가게 한간인들 낼 수 있을까
네 고통은 나뭇잎 하나 푸르게 하지 못한다는 시에
발목이 축축하게 어두워온다

영랑이 헤매고 다녔을 어둠이 건너오고 있다
석양빛에 어깨를 담은
영랑생가 대문짝 한 폭
꺼억 열리며
저녁 바닷물에 각혈을 한다

무궁화 꽃이 피었습니다

인천 옹진군 장봉 섬 분교에 무궁화 꽃이 활짝 핀다
해 저녁 꽃봉오리 휘파람소리 낸다
측백나무 담장 그늘에
파도가 장대높이 뛰어오를 때면 휘파람소리가 높아진다

풍금소리 퍼질 때
별빛 잠긴 잔디 밭
돌나물이 초록그늘을 키울 때
바다를 숨긴 물길이 절벅거린다

아이들의 발소리, 휘파람 소리 멀리 사라진다
집으로 돌아갈 파도를 기다리며, 돌팔매질하는 아이
삼백 명에서 스무 명이 남았다는
교정이 아이가 되어 파도 따라 하얗게 밀려다닌다

소라 껍질 속에 길어진 귀
두고 간 휘파람 소리가 갇힌다
그늘 속 늦은 봉오리 벙글 때

맨발 벗은 파도는
책상 밑에서 아이들을 기다린다

파도가 밀려오면 피우지 못한 채 져 내린
물고기봉오리 떼를 둥둥 바닷물에 띄워 휩쓸어 데려간다
제 가시에 찔린 멍이
푸릇푸릇 배어나온다

불빛 뿌리

갈매기 한 마리 고요히 노을을 버무린다

건너편 해안가에 줄지어선
가로등 불빛
물속으로 새까만 동굴을 환히 파내려간다

이 저녁 숨어들어
마침내 불빛이 물속에 가지내리는 소리
두 손으로 건져 올릴수록 환한 가로등 불빛
불빛 뿌리가 마음속까지 쳐들어온다

내속에 물결 일으켜 찰랑거릴 때
맨발로 모래톱 밟으며
물가에 서성이던 내가 보인다

쳐들어온다는 건 점령당한다는 것
내 가슴과 내 영토를 속절없이 내어주어야 하는 것

〈

흩어졌다 다시 꿰어지는 금물결 자락
물구나무선 채 물속으로 서성거리다 가는 오래된 발소리

가로등도
차가운 바닷속으로 녹아내리는 제 뿌리를
밤새 들여다보고 있다

용암정 검둥이의 흰 목덜미처럼

목덜미가 흰 검둥개가 귀퉁이 부서져나간 제집 지붕을 들썩
인다
정자마루 아궁이 군불에 썰렁한 저녁달빛 데우며
짖는 개를 쓰다듬던 큰 갓 그림자 지고
먼 들녘 바라보며 길게 엎드린 개의 등덜미가 산그늘처럼 서
늘하다

팔작지붕 그림자 기울자
펄쩍 뛰는 검둥이 놈 입속으로 정자마루가 통째 삼켰다 뱉어
진다
오늘 저렇게 컹컹 짖어대는 검둥이 놈의 흰 목덜미처럼
용암정 장작더미 아래 부서지는 물소리
정자 방문 창호는 뚫릴 대로 뚫려 바람에 물결처럼 떤다

이 저녁 빛을 몰고 온 건 필시 저 검둥이 놈의 눈동자라고
마루 아래 황토아궁이 불빛이 활활 타오른다
잉걸불이 날아 어둠을 열고 앞 여울자락을 붉게 헤친다
차고 흰 물결이 검둥이 놈의 흰 목덜미 같은 달빛이다

〈

수많은 하얀 목덜미들이
여울목을 향해 한꺼번에 콸콸 쏟아진다

맞선

더 좋은 유전자, 더 옹골차고 실한 씨앗이 바로 너, 맞는가

불빛이 마당으로 들어서자, 어둠이 서로 흰 배를 내보이며 곤
추서서 겨루고 있다
사이의 곡(曲)으로 황갈색 금잔을 가둘 때, 정지한 나의 발톱이
길어진다
버지니아울프의 목선이 흘러내리자
수컷의 수염이 선을 따라 쭈뼛거린다
등을 세워 일으킨 자웅의 눈빛
천년의 짝, 견고한 정적이 꼿꼿하게 비긴다

직립의 맞선은 순간이 결정하는 것

어둠 속 산국 꽃 멍울도 잠시 눈을 떠 보았을 사이,
끄지 못한 나의 불빛이 흔들린다
울던 아이가 젖을 올깍 게우는 사이
어미까치가 새끼 주둥이에 부리를 밀어 넣는 동안,
가을 가고 겨울을 견디어, 여름이 오는

〈

옷섶으로 몸을 가리고 악수로 안부를 에두르는 이들
제 안을 할퀴어 놓은 불안, 배어 나올지라도 덜컹거리듯 손을 들어
굿바이, 굿바이

직립의 맞선은 논쟁이 필요 없는 것

산들도 겹겹이 맞선본 후 산맥으로 흘러가고
아파트 동과 동이 맞선본 후 도시를 넓혀간다
무덤과 무덤이 자리에서 맞선을 보며 시市의 경계를 넘는,

산모퉁이 숨죽인 불빛 속
삭정이가 툭 부러져내리는 소리
황금 잔이 쟁그랑 일그러진다
발바닥이 닿기도 전에 정지하듯, 한 마리가 불빛을 부수며 다가온다
내 등 뒤로 사뿐히 멀어져가는,

〈

절벽을 내딛으며 등을 돌리는 수컷,
제 그림자를 구겨 넣는 곡선이 육중하다
엎질러진 간격,
실타래를 늘여나간다

모든 직립은 다가왔다가 뒤로 멀어져 가는 것

사이에
로즈메리 찻잔을 두고 발톱이 불거지는 사람들
자정이 가까워지면서 하나 둘,
겨루듯
요동치는 곡선으로 솟구친다
세계를 끌고 갈, 먼 후일을 향하여

더 좋은 유전자, 더 그윽하고 아름다운 터전이 바로 나, 맞는
가

제2부

물고기들의 어두운 물속 지도처럼

결潔

세 살짜리 손아귀가 골짜기 개구락지를 한 손으로 덮친다 한
번도 물려본 적도 놓쳐본 적도 없는, 손아귀 속에서 미끄러지도
록 마구 나대는 것, 돌짝 밑으로 살갑게 흐르는 물의 숨결처럼
아이는 작은 입술 뽀족이 여린 숨을 몰아쉰다 살아 버둥거리는
결, 이제 처음 마주한 아이야! 뒤집어쓴 연잎에서 소복한 네 발
등 위로 물방울 뛰어내리듯 너의 이름들 위에 수많은 저녁이
구르리라 맨 돌멩이도 꽃으로 보인 날이 있다 내가 세 살 이후
잃어버린 손아귀, 뭉클해서 놓아버린 무수한 개구리 뒷다리가
골짜기로 뛰어든다 강 건너편 소년이 연거푸 띄워 올리는 물수
제비 동그라미 속으로 햇살 가득 일고, 나는 돌멩이 집어 들어
달아나는 초록의 뒷다리에 팔매질을 한다 물결이 물결을 불러
세워 자꾸만 고꾸라뜨리는 서강의 강물에 꽃 그림자 몇, 걸려있
다 그림자 스러지면 땅에 묻힐 내 무수한 손 갈퀴, 돌멩이들과
함께 모래무지 숨는 강바닥이 된다 열 손가락 좍 벌린 손마디
사이로 서강의 물결이 순하다

정어리

물병자리 태생이니 어물을 다루며 살 거라는 산파의 혓바닥
이 붉다

정어리 통조림 공장장 통조림 상자를 쌓고 쌓네
한 그루 나무 가시 잎맥 속에 펄럭이고
정어리 여린 뼈 나뭇단으로 쌓일 때, 휘돌아온 길이 출렁이네
물새의 겨드랑이 사이 빗물 방울, 환히 잘려나간 꽃떨
정어리,
정어리, 정어리,
정어리, 정어리, 정어리
한 마리 정어리도 같은 것은 없네
정어리 통조림 사방 푸른 등, 벽 앞에서

떼 지어 오를 때 산맥으로 굽이치네
나면서 지워지는 어두운 물속 길
햇살 작살에 눈이 멀고
먼 미래처럼 창공으로 뛰어오르네
넘어지고 포개지며 고향 찾는 길

캄캄한 바다 밑, 작은 돌멩이의 노래를 듣네

골짜기 지나 등성이 너머 멀리, 가는
세상에서 가장 여린 그곳으로
산호초 어두운 길에 푸른 등불 켜드네
바람 소리 기울이며 깊은 바다 잠들 때
정어리 떼 환한 꿈속으로 솟구치네

쓰러질 듯 넘칠 듯
정어리,
정어리, 정어리,
정어리, 정어리, 정어리
한 마리 정어리도 같은 것은 없네

물병자리 태생이니 어물을 다루며 살 거라는 마법의 혓바닥
이 붉다

놀이

새벽 잠자리에 들어가 전기 스위치를 누른다는 것이 방아쇠를 당기고 만다
그가 죽었는지, 식탁을 쪼갰는지는 아무도 모른다
은밀한 은총과 내밀한 영광, 그의 침실 벽엔
아무 때나 방아쇠를 당겨도 좋다, 나가기 전에 자신을 떠나야만 한다

뒤에 오는 사람들이여,
놀이터 문을 열어 두었으니
쉽게 망가지는 장난감을 오동나무 잎사귀로 힘주어 닦아라
타오르는 불꽃 위로 멀리 던져라

저 회색빛 빗물 자국 여관의 높은 창문에는 이름이 지워진지 오래
미끄러지는 구름의 그넷줄을 힘껏 날리는 자여
그가 죽었는지, 새가 되었는지는 아무도 모른다

창밖에 오동나무 가지 쇠약해져 물이 든 이파리 허공을 찾는다

〈

가스난로에 찻주전자를 올린다, 창문을 완전히 닫고 가스를
틀고
가스에 불을 붙이지 않는다
욕된 소문만으로 참회의 기도를 올리기에는 멋적다
광증과 고통을 외면하고
두 손으로 목숨을 만지작거린다

내게 안부는 필요없다

움파

비집고 나오는 것은 차갑고 뭉클하다

어둑한 부엌 한 구석
던져둔 파 한뿌리에서,
샛노란 빛
한 줌 새어 나온다
연두로 날이 선,
그 뒤에는
살비듬 섬뜩하다

목구멍 위로 성난 갑상선처럼 움이 비어져 올라올 때
흰 뿌리 사이로 흙 알갱이 몇 알 바스락거린다
몇 장의 겉 잎
누렇게 지쳐갈 때,

저, 환히 비집는 화살촉 하나
아궁이 불꽃처럼 화끈하다
움찔, 떨고 있다

〈

밑둥치 껍질
나비 날개처럼 투명해지는 동안
볼록, 씨방 하나 베어 문 새 촉
곧, 흰나비 떼 뭉클뭉클 파꽃 고랑을 구르리라

촉이 제 속도로 날아가는 동안
쿨렁하게 속을 비우는 파 대궁,

오래전 어두워진
내 자궁 길에도 환히 불길 타오른다

개다리소반小盤이 있던 자리

아버지 저녁상 소반에서
개다리 여섯이 한쪽 다리씩 치켜든 채 쉬를 한다

숯검정 기름칠로 닦달한 무쇠 솥뚜껑 열어
그릇에 밥을 떠 놓으면
소반 위로 온기가 옮겨간다
서녘 하늘에는 한 그릇 햇무리 자국이 묻어 있다

샐비어 꽃밭에 밤새 비닐보자기 씌운 어머니,
무엇을 차리고 싶었던 것일까
첫서리 더욱 붉고
쌀알 같은 별들이 마당에 쏟아졌다

그런 날이면 헛기침에도 개다리 여섯이 흠칫 몸을 세운다

용수를 박아 떠낸 동동주로 쌀가루를 반죽한 후 부풀려서
맨드라미 꽃술과 이파리 올려, 검정깨를 흩뿌려 쪄낸
증편,

〈

개다리소반 위로 색깔 고운 김이 무럭무럭 오른다
붉은 입술, 술떡 향기에
구붓한 아버지의 등도 펴질 것 같다

조각달이 지붕마저 덮으면
모두들 곤하게 잠들었을까
깜깜한 밤이 대청 벽에 기댄 소반을
가만히 받쳐주고 있다

여울

그녀가 닦아놓은 마룻바닥 위에
저녁 하늘빛 비친다
거울처럼 들여다보고 마룻바닥을 닦으면,
님을 떠나보낸 설움도
마룻바닥 윤기로 더해진다

언제부터인가
마룻바닥은 흐르고 있다

누군가는 흘러가서 주름을 남기고
누군가는 흘러와서 조약돌로 앉기도 한다

아들 내외가 아이 셋을 두고 갈라섰을 때도,
사글세처럼 찾아온 막내의 손을 잡고
한숨을 쏟아낸 것도 마룻바닥 위에서였다
빗물 자국 훔치는,
그녀의 엎드린 등허리에 마당가 꽃가지 그늘 하나 꽂혀 있다
그러고 보면,

그녀도 물가에 잠시 앉았다 가는 물결이었다

어릴 적
맨눈 뜨고 물속 들여다보던
환한 냇바닥,
돌 틈새 휘돌던 물결
마룻바닥 위로 흥건하다

나는 오늘,
묵은 돌무더기 몇 시렁으로
그녀의 여울에 앉아있다

등꽃 져 내릴 때

등나무가 꽃등을 내걸었다
누군가 세상 저버리고 병원 뒷마당을 돌아나가는 사이
내가 5층 그녀의 병실을 드나드는 사이
미세먼지 뒤덮인 잎사귀 사이로
순을 내리고, 등나무는 꽃을 게워냈다

저녁이면 보라색 꽃등으로 일렁거리는 장례식장 모퉁이,
검은 상복 허리에 휘감은 여인들,
등나무 밑에서 짙고 푸르스름한 숨결을 토해낸다
슬픔을 휙 잡아채는 꽃향기, 날을 가졌다

환자복 입은 사람들, 등나무 밑에 담배꽁초를 던지고
흙바닥에 자꾸 침을 뱉는다

굽이치는 나무 등걸 끌어안은 그녀,
날 선 통증은 아직도 남은 꽃 향 때문이다
치렁거리는 목젖 다 들여다보이도록
한 그루의 그녀 출렁일 때,

안으로 들여 건 꽃등이 붉게 타오른다

등꽃 송이 멍이 다 빠지고
꽃잎 서늘하게 허공을 베어 내릴 때
한 사람이 저무는 향기,

꽃이 지는 사이에도, 등 넝쿨은 저리 새순을 내놓는다

물고기들의 어두운 물속 지도처럼

흰 두루미가 갈대숲을 흔든다
푸드득, 물의 뱃속에 흰 날개를 빠뜨린다
두루미가 물위를 한 바퀴 돌아갈 때
못가 나무들 차례차례 줄을 선다.

흰 날개가 뚫고 지나간 허공 속으로
숲이 다시 돌아오고
갈라진 하늘 모아질 때
내 몸은 그 구멍난 자리 부수며 걸어 나간다
내가 뚫고 지나간,
그 터널을 걸머지고 오는 뒷사람은
못물 위로 날아간 새의 발자국을 지운다

못 길 위에 수많은 터널
새들이 뚫고 날아간 무수한 허공의 길
겹치고 겹쳐도 결코 서로 코를 꿰지 않는다
누더기 하늘
자국 없이 푸르다

〈

새들 날아간 물결 아래
물고기들의 어두운 물속 지도처럼
천만년을 뚫고 지워온, 저 터널들
다시 잇대고 잇대어
하늘이 물속으로 더 깊어져 간다

풍장 風葬

솔밭이 밝아지는 동안
죽은 새의 눈두덩이 하얗게 올라왔다

푸른 잎새, 나뭇가지에 지렁이를 걸쳐두고
입술 파랗게 맴돌던
몇 겹의 동그라미,
소복해진 눈두덩 털자리 제 자리를 도는구나

저녁 어스름이 담긴
네 눈자위,
낮은 바람이 움푹 가라앉는다

참깨 멍석에 날아 앉아
새끼들 줄줄이 불러모으던
허공의 끈,
이 저녁 수직으로 내린다

한 번도 감추어보지 못한 마른 깃털이

날아오를 듯 가지런하다
네 마른 주검은
단단하고 고요하여
풀벌레 소리조차 파고들지 못한다

북극의 전설에는
죽을 때가 되면
눈발 쏟아지는 설원 속으로
끝없이 걸어 들어가는 노인이 있다

등대의 노래

별이 총총해
참 이상도 하지, 별들은 점점 멀어져 가고 우리들은 자꾸 몸집
이 커져가고 있어
저 창들 좀 봐
물고기들 휘둥그레진 눈 좀 봐
어둠 속 우리를 어둠으로 구경하고 있잖아
맞아,
들마루에 누워 별을 세던 날이 있지
잠속으로 쏟아지던 별들이 방안으로 가득 차오르고 있어

그런데 마지막까지 문을 열어놓고 나간 사람은 누굴까
찬바람이 들어오고 있어
사다리를 올려서 문을 닫아줘
벽들은 서로 침묵하고 꿈은 방안을 다 메우고도 넘쳐나지
오래 기다리면 꼭 돌아온다고 했어

우리 모두 별로 태어나는 거야
반짝이는 별로 태어나는 거야

난 등대를 지킬 테야

꿈속 같은 이야기 몇을 준비해야 해

등대가 보이는 섬마을 아이에게 들려줄 거야

그래

우리는 아주 오래오래 사는 거야

가장자리가 없다

장화바지 입고 들어선 이들 긴 대나무를 눕혀 연잎을 밀어낸다

물의 바깥이 출렁,

미는 가슴께로 서늘한 물살이 실린다

썩은 연잎들도 켜켜이 밀린다

한여름 수군거렸던 연잎의 둥근 모의들,

저만치서 돌아오는 물결 주름

흙이 가라앉지 않은 수면이 바람결에 싯누렇게 밀린다

연못 깊은 데서

이빨도 닦지 않은 아이를 데리고
〈

아코디언을 켜는 이가 살고 있다

기다리는 것들

비치 호텔은 이미 꽉 차서 내게 차가운 밤바다만 내어준다

다시 몸을 싣고 해변 도로를 불빛으로 뒤집는다
빛 속에 깜깜한 동굴 그림자가 쾌속으로 끌려온다
전봇대 그림자가 부르르 떨며 다가서고
가로수도 서늘하게 웅크리다 부스스 잎 털며 물러선다

어둠 속 경적소리에도.
저만치 군밤 장수 소년의 목청에도 늦은 밤이 간간하게 절어
있다
예배당 종소리도 짭짤하게 울려온다
부두에 나룻배가 소금기 털며 나직나직 흔들린다

이 저녁 한데 잠을 자야 할 저 무던한 것들,
머리 둘 곳을 찾는 파도 소리
어둠을 소름 돋게 할 찬 서릿발
소금바람마저도,

옥수수 농사

알이 드문드문 두어 개씩 박혔다

마당가 화덕 위

양은솥 가득 김 오른다

동생 다섯

성글게 둘러앉아 들여다보고 있다

조는 듯

화덕 불꽃 꾸벅거린다

겉보리가 쏟아졌네

보리싹을 기르려고 한 컵을 떠내는데
자루 밖으로 낟알이 흩어진다
낟알을 버리면
하늘이 내려다본다는 옛 어른의 말씀,
오래된 눈초리,
쓸어담는 손끝이 까끌하다

풋보리에 불 질러
두 손바닥 따갑도록 비비다가
후후 불면
말개지던 보리알,
그 속으로 파랑새가 날았다

봄 창가에 앉은
한 뼘 보리싹,
까끌한 눈매를 빛내고 있다

거제도 수용소에서 반공포로로 풀려나온 그 어른

내가 처음 만져본 까끌하던 턱수염,

그의 무덤에도 보리싹 같은 잔디 자라고

까맣게 입술 그을린 파랑새가 날아들 것이다

여지餘地

남영전구공장 앞 좁은 골목이 필라멘트 불빛 튀듯 꺾여 있다

덤프트럭이 골목을 막고 서 있을 때는
오후를 거슬러나오는 수밖에,
열어젖힌 접이 대문 안으로
오가는 차들 서로 비껴서며 달린다
담장 위 능소화 줄기도 골목이어서
꽃줄기 서로 비껴 내린다

여지가 있다는 것은
내어주듯 돌아나올 수 있다는 것

공단 골목을 다 빠져나올 때까지
나의 여러 날은
손바닥만 한 여지가 있어 굽이친 것이리라

골목처럼 엎드린 누렁이가
실눈 떠 기척할 때

그만 좋아, 경중 뛰어오르는 새끼들 마주하며
차마 막힌 길을 잊었다는 듯,

눈 비비면 눈이 멀게 될지 모를 ,붉은
햇덩이 뛰어내리는 골목

맹인의 동굴

낯선 해가 웅크리고 앉았다
제 몸을 식히고 있다
내 몸이 해의 등에 업힌다
- 바람의 소리를 따라가 주세요
- 더 높이, 더 멀리

풋풋하다
청보리 밭고랑 벌름거리는가
보릿대 우두둑
장대비 된다
손바닥에 빗물을 받는다
차콤하다
가슴께로 빗물 한 방울씩 첨벙거릴 때
옆구리가 뻐근해져 온다
파이고 파여
겨드랑이 소에 샘물이 고인다
눈망울 꺼내어 말갛게 헹군다
눈자위 환히 시려온다

흐르는 물속으로 벗은 발이 떠내려간다

손바닥에 빗방울 번진 자리

달그락

구슬이 만져진다

유리구슬인지 쇠구슬인지 궁금하구나

건너실 방바닥을 파두고 구슬치기를 했지

아니, 옥구슬이야

청보리 빛이라지

푸른 소리를 따라 구른다

어! 구슬이 내 몸에서 굴러나가네

아직 온기가 남아있어요

몸에 불을 지펴주세요

심장을 꺼내어 불소시개로 써 주세요

동굴 저편

허공이 미끄러져 들어선다

냉기 서늘하다

삐죽삐죽 송곳처럼 날카롭다

숨결 속으로 결빙 조각이 날아든다

발자국이 바닥에 달라붙는다

머리카락 서걱거릴 때

깊은 어둠 속 얼음 한 조각 모서리 빛으로 싹을 틔운다

천둥소리가 허공을 가른다

끝없는 바람의 길이 쌓인다

제3부

사진의 뒷면

어성초

쌍계사 입구 난전 좌판에 어성초를 담는 봉지 속 손마디
마른 대궁처럼 환하다
파묻힐 일밖에 남지 않았다는 혼잣말이
투명한 봉지 속으로 바스락거린다

기역자 등이 엉덩이를 치켜세울 때
땅바닥으로 얼굴 주름 쏟아지는데
흘러내리는 앞치마 폭에 마른풀 몇 가닥 달라붙어 있다

가을바람이 검불처럼 드나드는 천막 뒤로
몇 걸음 돌아앉아
할머니는 어성초 부서지는 소리를 낸다

아들이 오더니
어성초를 쓸어 담듯 할머니를 손수레에 살며시 담아 간다
앉아 있던 자리
오줌 자국 축축하다

통通하다

그녀가 팔을 떨구어 주사약 병을 내어던질 때,
한밤의 응급실 바닥에 꽃씨를 뿌리는 줄 알았다
돌아누운 그녀의 접은 무릎이 뾰족하다
바닥을 닦는 청소원의 유니폼이 떨어져내린 새벽 살구처럼
투명하다

세탁물을 대야에 헹궈낸다
원심력으로 단순 분리되는 나의 세탁기는 오물을 분간해낼
것인가
믿지 못해
비가 온다
창문을 활짝 열어젖힌다
어둠 속으로 번개가 친다
순간의 빛 속으로 침상 위의 푸른 형상,
그녀의 돋아난 통증이 찍힌다

어른들의 사랑채와 안채는 철 따라 맑은 바람이 불었지
〈

붉은 조명 아래
액에 담근 인화지가 천천히 피어오르고 있다
한밤의 소나기가 현상되는 이 한 번의 이미지
무릎이 젖어 오른다

준령을 너머서는 국지성 돌풍,
응급실 입구의 고함소리에
그녀의 입술이 채송화 씨앗봉지처럼 잘랑거렸지

깜깜한 잠이 쏟아진다
한쪽 눈을 부릅뜬 채 흑해黑海를 건널 것이다

음각陰刻으로 번지네

1) 동지

얼룩을 따라 나섰네

동지 팥죽, 색이 짙어지는 건 홍도평야 바람소리 때문이라네
돌계단 위 밭두둑
달빛에 비친 엉덩이
참았던 오줌줄기 눈 고랑을 꿰뚫네
저 멀리 고샅에 삽살개 짖는 소리
두둑에 검게 마른 오이 넝쿨, 풍경 소리가 나네

2) 동무와 강변에서

강변에 쪼그려 앉아
치맛자락 덮고
오줌으로 씻어낸 조약돌
더 많이 조약돌 적셨다며 어깨 으쓱해하던 동무,

3) 어린 새댁

부엉새 우는 이슥해진 겨울밤
잠든 새신랑 귀가 자꾸 커져 보여
홍단 이불, 목화솜 한 송이씩 뜯어내어
놋요강 속에 깔고 소리죽여 오줌 내렸다는
우리 할머니 소싯적을 떠올리네

4) 별 자국

길모퉁이 담벼락
누군가 뜨겁게 그려놓은 오줌 그림
쏟아진 팥죽처럼 시원한 음각으로 번져 있네

어떤 힘

강진 터미널 길바닥 물 함지박에서 무 뽑듯 건져올려 와
장흥 가는 버스에 걸어둔 새벽 바다가 우두둑거린다
플라스틱 젓갈 통 속에서 낙지 두 마리
머리를 양쪽으로 뒤엉긴 채 투명하다

뚜껑을 열어둘까
버스 바닥으로 흘러내려 꽃을 피울지도 몰라
우지끈, 흔들
낙지 통이 왔다 갔다 버스까지 일렁거리게 한다
신작로가 먼 바닷물처럼 출렁거린다

혼자 된 어머니 따라 영남 바닷가에서 서울로 전학 온 순일이
책상 밑으로 낙지처럼 흘러내릴 때 커다란 걸상만 보인다
다른 아이도 순일이의 바다 속으로 호흡을 내몰아쉰다
사탕도, 솔깃한 칭송도 막무가내
선생은 순일에게 다가앉아 없는 편지를 읽어준다

-우리 문디이! 보구싶데이. 기죽지 말구 발길질 마구마구 하

그레이,
　아들 눔을 젤로 사랑하는 아부지 문디이 보낸데이 -

　움찔, 순일이의 눈구멍으로 어떤 힘이 지나가고 있다
　눈빛이 깊고 길다
　없는 아버지 이름으로 종종 편지가 오고, 축구공도 날려 보내
온다

　플라스틱 뚜껑을 열어주며
　죽어라고 발길질하는 낙지 통을 감싸 안는다

사진의 뒷면

지하도에 엎드린 이의 등 아래로

눌려있는 얼굴은 쉽게 보이지 않네

뒤집어보지 않아도 뒷면은 기다리네

호텔 연회실에 얼음 독수리를 조각해 놓았네

호텔소년의 등짝도 서늘하게 조각되어 있네

아이의 뺨을 핥는 스테이크 붉은 소스

가수의 손에 손 잡혀 일어선 손바닥들

뒤집어보지 않아도 바닥은 우물 밑처럼 꼭 있는 법

향기로운 식품 첨가물 넘쳐흐르고,
〈

볼이 패인 가수의 성대 결절

햇살 뛰노는 작은 섬 소금밭에는

노역의 찬밥 두 끼가 오래전부터 소태로 굳어가고,

저 아가씨 찢어진 청바지 무늬는 사자 이빨 자국인지도 몰라

저 팔뚝에 화살문신은 팔 없는 양궁 선수의 발로 쏘아올린 솜씨인지도,

뒤집어보지 않아도 뒷면은 바닥을 빼곡히 차지한 것들,

벌러덩 누워 곰살 부리는 검둥이의 뱃살이 눈부시게 희네

끈
-모계 사회를 꿈꾸며

<父와 별거 중인 母子 수험생 가족>
소년은 밤새 아버지의 조각상을 빚어 책갈피하다
<전국 수석 강요하던 母 살해>
어미의 목에 피 구멍을 내다
<母의 시신을 6개월 간 방치, 친구 데려다 라면 끓이며 대입
에 응시하다>
떨리는 손으로 길 위의 횡단보도에 서다

집 나간 아버지가 가랑잎에 침을 뱉는다
남겨진 아이들 어미의 치마를 잡았으니 끈의 아들이라 하자
초록 물속으로 유영하던 배아는 늑대 울음조차 변주할 기세
다
가끔씩 어미의 깃발을 하나 같이 바라보며 눈물 고이도록 응
시하기도 한다

화면 속에서 뛰어내릴 듯 줄 서 있는 사내들
아버지 하나 화면 밖으로 기웃거린다
<

여자는 사내의 울대뼈를
자신의 갈비뼈께 가만히 대어본다
사내의 부르튼 입술을 벗기기 시작한다
입술의 결을 튕겨보고
음역을 가늠해본다

사내의 탈출구는 빨간 소리로 점등되어 사방으로 돌아간다
거리의 바람이
언덕 위의 통나무집에서 엉겅퀴 꽃씨를 틔울 거라는 귓속말,
대문 밖에 모자가 아직 걸려있지 않다고

사내가 산짐승으로 목놓아 우는
길 어두운 저녁
그믐달 구름 속으로 숨 막히고
사내는 폭군의 노래를 연주한다

아버지의 그림자가 바스락거리는 가랑잎에서 구르다가
겨울 아침 뒷마당에, 첫눈으로 휘몰아친다

〈

<母子는 둘 다 피해자, 희생자와 남은 자 모두 피해자,
남은 자는 3년 형에 처한다> (2011. 12. 19. 조선일보)
세상의 어미들, 피 묻은 소년의 손을 닦아준다

피리 부는 소녀

연수원 풀밭에서 한 소녀가 피리를 부네
콧잔등에 떨어지는 청동 두 눈자위,

폐부 깊은 곳을 꺼내든 피리 소리에
목련이 터지고
하늘이 어두워지고
새들이 돌아오네

어둠은 풀밭 위의 늦은 봉오리 속으로 숨어들고
물속처럼 물컹이는 어둠을 자꾸만 불러내는
소녀의 입김

먼저 핀 꽃잎 몇 장,
툭, 녹 냄새를 떨굴 때

적시듯, 콧잔등 위로 떨어지는 청동 두 눈자위
속으로 강물은 흘러,
내게도 소식 없던 한 손이 멀리서 오고 있다네

실밥

웬 실밥이 이리 따라 붙느냐
소매 끝 허연 실밥을 쓱쓱 비벼 떼며
이런, 이런,
괜한 실밥만 탓하는 어머니

이불 홑청을 물고 있던 실밥이
이제는 흰 머리카락에도 버선발에도,
몇 가닥
질기게 어머니를 물고 있다

나는 어머니 몸이 아프자
어머니 뒤만 따라 다닌다
오늘,
묵은 솜이불을 뜯어낸 실밥처럼
나도 언젠가 뚝 떨어질 것이다

가닥가닥 끊어진 실밥을
창문을 열고 홀홀 털어낸다

실패에서 한 몸뚱이였던 실밥,

뚝뚝 떨어져

허공으로 흩어진다

허공에 밥을 먹이러 넘실넘실 흘러간다

지금은 북서풍

어느 굿판 자락인가
저 공원에 나부끼는 색동 소매 한 짝
쭉 뻗어
찢어질 듯, 팽팽하게 휘젓다가 소매를 툭 떨군다
몸 뉘어 얇게 뒤척이기도,

벌거벗은
한점 햇살의 내장
소매 속 그늘을 통과하는 중

공원 빈 의자를 지나
담장 너머 뻗은 푸른 열매로 종주먹질을 하다가
높은 봉우리에 떨어진 구름 그림자를 휘젓기도 한다

오래전 불던 이 바람은
내가 알지 못할 먼 후일에도
어느 깊은 골짜기를 오래도록 펄럭이겠지
골짜기 아래에서 뒤통수도 없는 머리를 풀어

멀리 북서쪽으로 소맷자락 던지고 있다

어느 모래 언덕에서 밤새 산을 퍼 옮겼을 사막의 바람이
지금은 내 몸속 뼈마디에서 불어나오는 중,

내 신발 속에는 모래를 다 털어내지 못한 발이 사방으로 갇혀
있다

'살아 갈'

'내가 살아 갈 시'를 읽다가 '내가 사러 갈 채소'가 생각났다

늦은 떡국을 끓여 어머니께 오늘 네 번째 밥상을 차려드리고
나왔다
쌓인 낙엽 속으로 발을 끌고 이리저리 누비다가
중봉 서점에 앉아 책을 펼쳐놓고
그제야 오일장을 떠올린다
'누군가 살아 갈 시'를 덮고 달려가면
장대 눕히고 천막 걷을 파장 터가 있다
갓 캐어내어 흙 묻은 토란과 우엉을 사야 한다

지금 허둥대는 까닭은
장마당 모퉁이 오색국수 뻥튀기하는 누대의 가난을 잊고
남이 살아갈 시詩만 훤히 들여다봤기 때문이고
곧 사그라질 낙엽 냄새에 코끝을 분칠하고 다녔기 때문
누군가 살아야 할 시구詩句보다
내가 사들여야 할 푸성귀 단이 더 급한 나의 궁벽
〈

만화가게 문턱에 몸 접고 앉아 한눈 팔던, 장 심부름 아이처럼

이래저래 생이 파하기 전

너무 늦어 허방을 디딜세라, 장마당으로 뛰어간다

혹여 몰려올 먹장구름에 장이 깨어질까

다섯 개의 행성을 건너뛰어야 다시 올 오일장 마당을 향하여

그늘의 지도

병원 뒷마당에 흩어진 흰 국화 송이,
어릴 적 썼던 꽃 관처럼,
진눈개비 속으로 마구 헐어가고 있다

불 꺼진 6인 병실
죽으려 작정하고, 온종일 링거 바늘만 빼내고 있는
보호자도 없는 할머니,
간이침대에 거꾸로 누운 간병인은
할머니가 몸을 일으킬 적마다
발끝으로 어두운 실루엣을 걷어차내어 뒤로 쓰러뜨린다

크고 작은 링거병 매달고 행상소리 쩔렁거리며 들어서던
흰 머리칼을 산발한,
일곱 자리 전화번호만 웅얼거리는 눈시울을 위하여, 나는
틈틈이 십진법을 다하여 복도 공중전화를 걸어본다

어느 집은 수화기 던지고
어느 집은 말이 없다

78세 김 언년 그늘은 없다

전화기 속에서 "아빠, 고모인가 봐"

언년 할머니 처음으로 오빠 그늘에 기대어 누운 것 본다
토끼풀 꽃관 씌워
손잡아 징검다리 건네주던
오누이 되어,

퍼렇게 멍든 팔뚝을 링거줄에 매단 채
겹쳐진 그늘
몸은 늙었어도 그림자는 서로 잘 스며들어 있다

내 눅눅한 그늘도 흘러나와
그늘이 두터워진다

콩의 미학

다 고른 콩은 뺨이 대글대글
당당한 빛이 서로 엉겨 붙지 않는다
구르는 모양새와 노란 온기가 같아 보여도
뺨 빛이 같지 않다

상판을 톡, 쳐보니
콩알이 튄다
키 높이가 제멋대로다
지르는 목청이 다르고
짚고 뛰어 오른 손가락 힘도 제 각각이다

제각기 흔들리는 미루나무 이파리
비탈진 콩밭에서 어느 하루도 같은 햇살을 받은 것이 아니다

시퍼런 콩잎
푸른 빗소리 듣던 날,
애기 손녀 둘을 키우며
눈만 뜨면 햇살 다른

이집 저집을
콩알 튀듯 뛰어다니며 들여다보는
동네 통장의 굽 닳은 신발 축이 젖어갈 때

콩이 구르다 멈춘 그 자리
싹을 틔운다

옹이 속 태아인 양
싹을 품고
저 마다 길목을 또르르 감는다

벚나무 이사하다

서례 교회 하얀 울타리 밖으로
벚나무 묘목이 수런거린다
설교를 듣고 자란
반 평 그늘의 나무가 송두리째 뽑힌다

바람이 나부끼던 길과 꽃가지 흔들리던 나무 그림자
허공을 흔들어보는
새벽 기도회 현수막이
묘목의 그늘을 따라 함께 바닥에 드러눕는다

거친 숨을 뿜어내는 중장비
묘목의 뿌리를 휙 낚아챈다

거꾸로 매달린 나무의 수많은 가지
번쩍 들린 흙 뿌리가 허공에서 휘청거린다
트럭 앞쪽을 향해 묶인 뿌리가 놓여질 때
비로소
흔들 힘을 잃어버리는 잔가지들

새벽기도 소리에 가만가만 귀 기울이던
꽃잎의 기억들이
밭고랑을 지나 길 자락을 따라 묻어나간다

서례 교회 울타리가 나뭇가지에 질질 끌려나간다

5월, 내가 낳지 못한 아이들

손을 내밀 때 햇살이 다가왔다
오래전에도, 먼 훗날에도 그러하듯이
손끝을 얹는다

라르고
가슴을 활짝 펴고 양팔 들어 죽지를 서녘으로 젖힌다
시선은 능선 방향, 바람이 불어오는 쪽으로
눈 녹은 고랑으로 두 발을 모으고 생生을 기울인다
발을 뒤로 밀어 엄지발가락 끝을 세웠을 때 초록의 뿌리가 거
칠다
일제히, 어느 날의 파열음처럼 갈바람이 불면
무릎을 낮추어 힘껏,
뒤로 내딛는 오른발
따라 딛는 발목이 오른쪽으로 숨을 휘감는다

라르고
걸음걸이로 옮길 때 무게를 버리는 숲 그늘
딛고 들어서는 들녘의 가슴,

그는 키가 크고, 나는 키가 작아
내가 네게 안겨가고 네가 내게 안겨오는
펼쳐진 공전궤도를 따라 발끝을 세우는 자전의 몸짓들,
우리는 나뭇가지의 자손
가지와 가지가 마주하는
저 골짜기너머까지,

라르고
나뭇가지 거머쥔 아귀로
어제이거나 오늘, 오늘이거나 내일
마침내 붉은 저물녘이 나를 긋는 밤이 지날지라도
새벽의 안쪽날개 아래에서 포득거리는,

라르고
깊이깊이,
깊은 저 숲 그늘
그는 내 생명, 내 영원히
손끝 얹고 스텝을 밟는다

〈

라르고

발을 뒤로 내딛을 때

내 앞으로 양지 녘은 더욱 펼쳐진다

나는 보았다

잉태하지 못한 생명들의 이슬 맺힌 빛 떨기를,

내가 낳지 못한 아이들의 새살대는 숨결을,

나이테를 보다

빗물에 젖은 느티나무 껍질 푸르던 비늘 차갑게 썩고
밤새 어두운 그루터기 그림자
바람이 불 때면 못물 위로 없는 가지를 흔들어본다
구름 떼 몰려올 때면
톱날이 지나간 자리, 멀리 땅밑에서부터 통증이 올라온다

1910년 3~4월 가뭄, 5월 가뭄, 8월 대단한 가뭄
1949년 3~4월 약간 가뭄, 100년 치 년 강수량 최저치 754mm
1959년 3~4월 중부이남 기록적 가뭄
2008년 2월 가물고 전국적 피해

느티나무는 북쪽으로 난 길을 돌아보았을 것이다
가을의 얇은 그늘이 달빛보다 희고 수척하다

나는 손가락 사이 흘러내리는 한 줌 모래를 기록처럼 오래 만
지작거린다

천 년을 걸어온 복숭아 뼈 하나, 내 안으로 환히 걸어 들어온다

저녁의 물결

못의 물결은 새가 돌아나간 허공을 받쳐 들고 있다
그리하여, 물의 면은 새가 날아간 하늘의 무게를 가진다

흰 날개가 건져가지 못한 물결
물결의 환한 쏠림, 자꾸 못가에 가 닿아
건너야 할 저녁이 어두워진다
저녁 못 길
내 속에 날아든 흰 날개 없어
나의 물속은 쉽게 어두워지지 않는다

한밤을 서성이던 물결
아침 햇살에 작은 이파리들 파닥거릴 때
가지 사이로 떨리는 빛 펼쳐내리는
못물 위의 소란,

나는 못가 갈대숲 잘박이는 물결로 나앉아,
내 속을 휘저어놓을
흰 두루미의 둥근 목줄기를 생각한다

4부

사과를 깎는 시간

바라나시*

흐린 강물에 정강이 세우고 제 그림자를 들이키는 검은 물소
야

너의 눈빛, 강 한가운데로 새까맣게 순해질 때

히말라야에서 예까지 오고 있는 강줄기보다 너의 목줄기가
더 길었더냐

오래, 물살에 뿔을 적시며 물굽을 더듬는 검은 물소야

등에서 뛰어내린 햇살 한 줌, 물결마다 풀어 어떤 빛을 길어
올리더냐

한 사람이 되기까지 강물이 물소를 어르고, 어르고 있다

* 갠지스 강이 흐르고 있는 인도의 도시이름

우물

심학산 약천사藥泉寺에 밤 우물을 찾아갔지
오래전 우물은 말라붙고
어둠보다 깊은 하늘이 열려있었지

구비구비 하늘 닿은 곳에 우물이 그득 고여있었지
우물 속으로 새 울음이 가라앉고
골짜기 바람이 잠깐씩 걸음을 멈춰 서고,

담장 아래 정금나무 꽃술도 향기를 괴어놓고
밤새 샘물을 들이고 내고,
낮은 풀 한 포기도 우물 하나를 품고 있었지

꽃이 떠난 가지에도
우물은 고이고,

어둠 속을 지벅거리고 지나간 발자국에도
옹달 같은 샘이 하나씩 패이고,
미륵보살 앞 가릉거리는

고양이 동공에도 푸른 우물이 철철 넘쳤지

스님의 밭은 기침소리 한 가닥이 나지막이
어둠의 수면을 출렁일 때
하늘이 조금씩 깊어지는 소리

추녀 밑 풍경 소리에
멀리 우물이 고이는 밤,
차오르는 내 안의 우물에 긴 두레박 줄 내리고 있었지

북촌에서

격자무늬 칸마다 작은 모서리 그늘

된서리에 시든 국화 잔향이 깊어간다

천년을 두고 날아든 독수리 날갯짓

홍살문 너머로 큰 산맥을 짓고

눈썹 치켜 뜬 바위가 떨어질 듯 구름을 떠받치고 있다

뭇 시선이 교각에 꽂혔을지라도

아이를 일찍 보낸 어느 장인의 몸속에는 능선 같은 곡절이 있
지 않았을까

아이의 무덤 옆에 흔들리는 나뭇결은
〈

연약한 기와 능선으로 다시 태어나고

아내의 골목에 잦아들던 다듬이질 소리

북악 그늘에 들어선 그를 조곤조곤 방망이질하는 곳

골목마다 하늘에는 물길 푸르다

기와지붕 처마 끝마다 마른 북어 몇 쾌씩 입 벌리고 헤엄쳐
오른다

양쪽으로 줄을 지어

꼬리를 치며 하늘 물속으로 오르고 있다

소년은 행위 예술을 한 것이 아니라고,

물론
퍼포먼스가 아니라고,
살갗에 철사줄을 꿰어 몸을 공중으로 들어올릴 수도
창을 깨부술, 세 번째 팔조차 소년은 처음부터 가지고 있지 않
았다
소년의 귀 뒤에 몇 개의 눈알을 박아주지 못했다
우리 모두는
소년의 목숨 하나씩을 더 꽂아 주지 못했다

두고 떠난, 갈색 가방에는
아직 사용하지 못한 젓가락과
크고 작은 몇 가지 연장들 고스란하다
소년은 지금도 몸을 멀리 둔 채
덧붙인 세 번째 팔로 도어 창을 수리하고 있다
우리들의 스텔라크* 서스펜션 시리즈는 막을 내렸다고
아직, 아무도 말하지 못한다고,

한파寒波를 보내오다

언덕에서 가랑잎이 새떼처럼 날아오른다
하늘 가운데로 회오리치는 양철 조각 소리

등 뒤에서 비치는 환한 햇빛
길가에 나뭇가지 그림자
바람에 찍혀 흔들리고 있다

자작나무 숲길, 그 환한 흔들림을 찾아간 사람들
가지 끝에 싸한 눈빛 걸어두고 드문드문 걷고 있겠다
새소리, 얼음판 위로 깨어질 때
사선으로 내리찍은 햇살이 자작나무 숲을 떠받들고 있겠다

길가에 부러져 내린 나뭇가지 끝에
영근 그림자들,
어느 우물가에는 하얀
자작나무 잎사귀 수북이 쌓였겠다

해가 언덕 위에서 어스름을 만드는데

멀리 친구가 핸드폰에
경보 사진 한 장 보내온다

초록 잎새 꼿꼿한 채
서슬 시퍼렇게 뉘어놓은
대파, 한 뿌리

개화동開花洞

오래된 별이 돋았다 삐걱거리는 철 계단을 몇 칸 올랐다 누군
가 여름 산을 다 먹어 치웠다 하늘도 도라지꽃도 푸르던 산허
리 길에는, 아내 없이 사는 사내 저녁별로 돌아왔다 골목 끝 낡
은 기와집, 얼굴 얽은 노파가 돼지고기 몇 근 사들고 드나들었
다 쌀랑해진 돌담에 바람 발자국, 골목에 떨어진 푸른 배추 잎
사귀,

벙거지 뒤집어쓴 사내가 사타구니 사이로 번득이는 크고 작은
물고기들 쏟아낸다 사내는 며칠 전 동네 어귀 새로 온 젊은 여
자와 말다툼을 했다 여자는 돼지고기도 물고기도 싫다며, 물고
기는 여름보다 수척하고 울지 못하는 늙은 고양이는 기와지붕
위에 앉아 흰 정강이를 깊이 박고 자라는 무밭의 어둠을 퍼 올
린다

누군가는 마을 앞 큰길로 항해를 나섰다가 변을 당했다 지하
슈퍼에서 군용 침대 하나로 내외가 아흐레 저녁을 났다는, 문
열린 나의 부엌으로 애호박 부침 한 접시를 들고 왔던 슈퍼 집
아낙은 집을 아주 떠나버렸다 처음 보는 초등학생 아이는 다리

를 절룩이며 지나갔다

어둠조차 뚫는 삐걱거리는 소리 떼, 기러기 울음에서는 차가운 강물 냄새가 난다 개화동 저녁 하늘 위로 녹슨 별들이 오래 머물러 있다

지난 겨울이 깊었던 까닭은,

냉이 뿌리에 콩가루 입혀 된장국 끓이면 국물은 왜 맑고 구수
해지는가
봄은 한소끔, 비닐봉지 속 하얀 뿌리로 왔을까

그녀는 냉이 향처럼 사내와 살았다
그러나 장미넝쿨 우거진 어느 날
몸속을 지워야 했다
하나의 봄을 담았어도 상처가 뚫고 나오는 슬픔,
그날부터 어떤 비닐봉지도 날지 않았다

세상으로 건너오다가 뚫고 나온 하얀 뿌리
무성했으나 점점 메말라
뚝 부러지곤 했던,
그녀의 속내가 질기다

없는 듯 천변의 냉이 꽃은 허공이다
그 하늘을 쓸어 담은 그늘이
부르르 떨릴 때 마다

함께 날아오르는 씨앗들

얼어붙은 돌짝 밑으로 아직도 남아 있는 폐비닐을
그녀는 봄철 내내 캐냈다

슈퍼에서 냉이 뿌리 한 봉지를 꼭 쥐고 걸어 나오는 그녀,
길 따라 바람 불어와 골목을 가득 채우고
봄내음이 비닐봉지처럼 부푼다

캘리포니아에서 온 편지

한 장, 붉고 두터운 햇살,

까치발 세워 뻗친 손끝, 허공으로 휘청 내디뎠을 그 찰나의 사람을 생각한다

나의 달빛이 적요하다

그가 교환기간이 넘어서도 딸의 학업으로 머물기를 연장했을 때 한인교회 햄버거가 일요일의 유일한 식사였다는,

모둠발로 착지하여 온몸으로 굴러주는 자리, 그 순간을 포착한 사람만이 높이 뛰어넘을 수 있다

마룻바닥 위로 징검돌 같은 물 발자국,

어느 아버지의 구두 속으로 물길이 나 있었다

〈

먼 나라에서 온 두툼한 햇살 한 장,

손바닥에 올려두고 쓰다듬으면 내가 알지 못하는 바람의 냄새가 펄럭인다

땅따먹기
—가파름에 대하여

저 멀리 허공 속에는 망각의 숲이 들어설 것이다
어느 때부터 산이었다가 바닥이 된 내막이 고요하고 단단하다

표적대로 군데군데 무른 곳을 헤집어 흙을 파낸다
중장비 주걱이 번득이는 잠자리 겹눈이다
덤프트럭이 뒷걸음질로 뼈마디 들썩여 흙더미를 쏟아낼 때마
다 새 터가 돋아나고, 돌아 나온 비탈은 길이 된다
무른 것 들은 쉽다
그러나 등성은 속살만 내주지 않는다
흘러내리는 푸른 관목 더미를 붙잡고 도저한 바위등걸과 자갈
무더기를 쐐기 박아두었다

뼘 마디를 돌려 그으며 땅바닥을 따 들어가기에 정신 팔린 아
이는 저녁밥 먹으라는 엄마의 동그란 얼굴도 뽀얀 땅 같았다
강남 개발지도 위에 붉은 색연필로 금을 그어 황토 불모지를 나
누어 가진 사람들이 있다

세계사의 바깥에 있지만 늘 뭔가 새로운 것이 있다'는 대륙을

조각내어 나눠 가진 열강들, 그러나 지도 위의 색깔만으로 수천 종의 소수 종족과 반 백여 종 언어의 뿌리를 가르지는 못했다 '검은 대륙'이라는 어둠은 바라보는 자들 안의 어두움이었다 해가 지도록 끝없이 긴 줄의 장례 행렬, 뒤를 잇는 여인들의 머리에 쓴 삼베 보자기, 엮인 서사의 뿌리를 절단할 직선은 없었다

동이 트는 아침, 진동하는 나무뿌리 향기와 이마를 씻는 바람은 누가 붉은 금줄 드리워 말뚝을 박아둘 것인가 앞산이 사라지자 멀리 산마을이 있다

수직으로 치솟을 여백이 고운먼지로 벽을 세웠다

사과를 깎는 시간

사과를 깎습니다
둘레를 깎습니다
붉은 껍질은 꽃이 흔들리며 망설였던 거리입니다
피울까 말까, 시간의 굴레가 영글었습니다
씨앗의 일가들이 칼날을 지나 흩어집니다
푸른 그림자 속으로 뿔뿔이 흩어집니다

사과를 깎습니다
우리의 둘레를 깎습니다
향기는 공감각적 두께로 앉은 벌레소리입니다
잎사귀 사이로 내린 별빛이 고스란히 부서집니다
대롱거리던 표정과 비바람에 사정없이 흔들린 시간이 잘립니
다
사각사각 일가들은 잘도 헤어집니다

사과를 깎습니다
귀에 익은 발자국 하나가 멀어집니다
칼날이 스쳐간 자국, 그 아래로

멍의 둘레를 따라 나는 고요히 걸어 내려가 봅니다

아주 사소한 이파리 하나가 붉어가는 사과의 볼 위로 나볏이
스쳐 내린 길입니다

첫 차

환한 덧니가 영정을 물고 있다
부음은 여태 기다리고 있었구나
이곳은 생각보다 따뜻하다
혜화동 대학병원 장례식장 한밤의 보일러 굉음이 블랙홀이다
한꺼번에 몰려드는 눈발, 국밥 말아먹듯 휩쓸려간다

방 윗목에 눈 덮인 교복과 찹쌀떡 모판을 세워 두고
모나미 볼펜과 파카 만년필 좌판 그리고 문구 캐비닛
끝내 가보지 못한 장학생 대학 합격증을 끌어안고,

영정 속 덧니는, 네모 속으로 문상객이 내어준 사각의 추억을
끌어들인다

종로에서, 덕수궁에서 우리 한번 마주친 적 있을까
흰 국화꽃 대궁 끝에 떨어질 듯 매달린 저 눈빛
아직도 인연이 남았는지 팽팽하다

단단한 잇몸 뚫고 좋은 내색이듯 빛나는 뻐드렁 덧니, 누군들

함부로 웃지 못한다 알 굵은 사과나 고구마를 통째로 베어 물
어 아귀 귀신 달래듯 자리 내어줄 뿐이다

막차 전철도 끊어져 눈 쌓이는 저녁
총알택시 대신
대학병원 아무 집 영정 앞 뜨신 바닥에 덧니로,
엎혔다가 꼭두새벽 일어서는 자리

도저한 서정시들

박 찬 일 (시인, 추계예술대 교수)

도저한 서정시들

박찬일

심상숙 시인에게서 '늦깎이'를 말하기보다 문학예술에 대한 열
정을 말하는 편이 낫다. 그의 시에 드러난 '시문학의 제국직속
성Reichsunmittelbarkeit'을 말하는 편이 낫다; 심상숙 시인의
주류 시세계를 말할 때 그것은 자연서정시 및 일상서정시에 관
해서이다. 요컨대 액면 그대로 서정시에 관해서이다. 그의 서정
시들은 '대도시적' 생활방식과 날카로운 대립관계에 있다. 물론
대도시에 대한 양면감정병존이 존재한다. 대도시는 시인들에
게 '고통이면서 창조적 삶의 근거'였다. '저주와 선물'이었다.
강조해야 할 것은 심상숙 시인이 도시문명, 혹은 부르주아 자본
주의 사회에 직접적인 메스를 들이대지 않고, 간접적인 메스를
들이댄 점이다. 이는 역사적 낭만주의가 19세기 전반前半 흥기
하는 시민계급의 이데올로기들인 합리주의, 효율주의, 최대 이
윤의 법칙들에 대해 꿈, 환상, 광기, 무의식으로 대응한 것과 유
비이다.

　비집고 나오는 것은 차갑고 뭉클하다

어둑한 부엌 한 구석

던져둔 파 한 뿌리에서,

샛노란 빛

한 줌 새어 나온다

연두로 날이 선,

그 뒤엔

살비듬 섬뜩하다

—「움파」부분 ①

책상 위에서 달그락거리는 약수터 조약돌을 만지작거린다

아득하게 멀어졌다가

다가오는 발자국 소리 […]

들어서 놓을 때마다 맑은 소리로

중심을 향하여 날개를 다는 작은 조약돌

오래 밟힌

너의 흰 이마가 단단하구나

—「흰 이마가 단단하구나」 ②

쳐들어온다는 것은 점령당한다는 것

내 가솔과 영토를 속절없이 내어주어야 하는 것

—「불빛 뿌리」부분 ③

① '"연두로 날이 선" 것'을 부르주아 자본주의에 대對한 '것'으로 보는 것이다. ② "오래 밟힌/ 너의 흰 이마가 단단하구나"를 자본주의적 생활양식(이를테면 계산적 사유, 효율적 사유, 기술적 사유, 그리고 이 모두의 총합으로서 최대 이윤의 법칙)에 대한 위반으로 보는 것이다. ③ '순리를 따르는 것'을 말할 때(「불빛 뿌리」) 이 또한 심상숙 시인의 시세계에 관해서이다. 모순된 태도는 대개가 큰 정신에 의한 경우일 때가 많다. 큰 정신이 그때그때마다 최상의 것을 찾아내 말하기 때문이다. "쳐들어온다는 것은 점령당한다는 것/ 내 가솔과 영토를 속절없이 내어주어야 하는 것"을 물론 아이러니로 읽을 수 있다. '쳐들어오는 것'은 물론 자본주의적 생활양식에 관해서이다.

나는 어머니 몸 아프자

어머니 뒤만 졸졸 따른다

오늘 묵은 솜이불을 뜯어낸 실밥처럼

나도 언젠가 뚝 떼어질 것이다

—「실밥」부분

누가 피해가겠는가. "오늘 묵은 솜이불을 뜯어낸 실밥처럼/ 나도 언젠가 뚝 떼어질 것"을. 다시 강조하자. 심상숙 시인의 주류 시세계가 자연서정시이고 일상서정시이다. 심상숙 시인은 '서정시'를 통해 그 자신에게는 자본주의적 생활양식으로부터 거리를 둘 것을 요구하고, 독자들에게는 자본주의적 생활양식에 대해 반성적 의식을 가질 것을 촉구한다.

> 환자복 입은 사람들, 등나무 밑에 담배꽁초를 던지고
> 흙바닥에 자꾸 침을 뱉는다
>
> ─「등꽃 져 내릴 때」 부분

후설Edmund Husserl에게 의식은 반성적 의식이었다. 의식은 지향성Intentionalität에 휩싸여 있다. 노에시스[의미작용]에 의해 노에마[대상, 혹은 자아]가 구성된다. 요컨대 반성적 의식, 지향성, 노에시스에 의해 사태 혹은 사물은 의미를 갖게 된다.

> 아이의 밥숟가락을 제 입안으로 맨 처음 명중시키는 경이로움,
> 명중의 달인이 될 외손자의 입가에는 밥풀이 덕지덕지 붙어있
> 다
>
> ─「명중」 부분

심상숙 시인의 '느림의 서정시'가 최종적으로 말하는 것은 업적사회Leistungsgesellschaft 및 성과주체로 표상되는 '빠름의 자본주의'로부터 빠져나오는 것에 관해서이다. 자아소진증후군에서 빠져나오는 일이다. 압권이 「평창 가는 장승 ─아라리 따라」이다.

봄이 오면 아라리 따라 나, 평창 가겠네

동막골 고샅 머리 이끼 낀 장승되어
개울가 맑은 물에 정강이를 담그고
메밀밭 머리 핀 달빛처럼,

계방산 밑 저자거리 콧등치기 메밀국수 한 젓가락에 후루룩,
번들거리는 그대 콧등에 불콰해진 내 얼굴 비추어보겠네
먹기는 아귀 같고 일은 장승이라니
  콧등에 메밀 기름 훔치며 국숫값 받아먹느냐고 주정 한번 부려
보겠네

봄이 오면 아라리 따라 나, 평창 가겠네

월정사 종소리 너머 적멸보궁 햇귀 밟고
일천오백 미터 비로봉을 다시 한번 오르겠네
내가 딴 취 그대 걸망에 넣어주며
삭은 나무 등걸 밑 푸르게 숨겨둔
손등 긁히던 장승의 봄을,

십리에 장승 서듯 아라리 길목마다
나, 춤 한 판 추어보겠네
정승 못하면 장승이라고,

강릉이 고향인 구순 어머니 달처럼 등에 달고

봄이 오면 아라리 아라리 나, 평창 가겠네
　　　　　　　　　—「평창 가는 장승 -아라리 따라」 전문

"불콰해진 내 얼굴 비추어보겠네", "주정 한번 부려보겠네", "비로봉을 다시 한번 오르겠네", "춤 한 판 추어보겠네" 등이, 무엇보다도 후렴구 격인 "봄이 오면 아라리 아라리 나, 평창 가겠네"가 빠름의 자본주의에 대한 대립이고, 자아소진증후군에 대한 대립이다.

심상숙 시인의 시 전반全般이 자본주의적 생활양식에 대한 부정인 점에서 후설 式의 반성적 의식만을 말할 수 없다. 비반성적 의식(혹은 자발적 의식)에 의한 자본주의적 생활양식에 대한 부정을 말할 수 있다. 자발적 의식(혹은 비반성적 의식)은 이를테면 "아이의 밥숟가락을 제 입안으로 맨 처음 명중시키는 경이로움"(「명중」)이 모범적으로 말한다. 메를로퐁티Maurice Merleau-Ponty에 의할 때 비반성적 의식이 먼저이다. 비반성적 의식(혹은 자발적 의식)은 육체에 새겨진 것으로서 육화된 의식이다. 이를테면 학교에 갈 때 우리는 이것저것 따지지 않고 – 반성적 의식, 지향성, 노에시스 없이 – 육화된 의식에 의해 [2호선]지하철을 타고 [5번]마을버스를 타고 [학교에] 도착한다. 비반성적 의식이 먼저이고 그 뒤를 반성적 의식이 따른다. 반성적 의식은 이를테면 지하철이 정차하지 않고 그냥 지나가거나,

이를테면 마을버스가 아무리 기다려도 오지 않을 때 발생한다. (하이데거 역시 사물-사태와 이미 친숙한 관계에 있는 '세계-내-존재'에 관해 말했다. '이미' 세계-내-존재인 인간은 별도로 사물-사태를 지향하지 않는다) 메를로퐁티의 현상학을 후설의 '의식의 현상학'에 대해 신체의 현상학으로 부르는 이유이다. 물론 현상학의 모토 '사물[사태] 그 자체로!'는 그대로 유지된다. 현상학은 '본질/현상'의 이항대립구조를 실제적으로 해체했다. 현상학 대신에 '심상숙 시인'을 말할 수 있다. 심상숙 시인이 본질/현상의 이항대립구조를 '실제적으로' 해체하고 있다.

심상숙 시인의 시세계에서 또한 빠뜨릴 수 없는 것이 세계시민정신에 의한 것으로서 세계에 대한 따뜻한(혹은 감동적인) 관여이다.

> 쇠심줄보다도 뚝심지고 쓸데없이 질긴 것,
> 도마 위로 칼을 휘둘러 내려쳐본 이는 안다
>
>
> 간혹
> 연탄 잿더미 위에서 소리 없이 흔들리는 제비꽃
> 어두운 잎새 뒤
> 지하도 화장실 쪽잠으로 언 겨울을 건너는
> 울음소리를 내지 않는 사람들,
> ──「보도블록은 왜 뒤뚱거리는가」 부분 ①

'세계사의 바깥에 있지만 늘 뭔가 새로운 것이 있다'는 아프리카 대륙을 조각내 나눠가진 열강들이 있다 그러나 지도 위의 색깔만으로 수천 종의 소수 종족과 반 백여 종 언어의 뿌리를 가르지는 못했다 '검은 대륙'이라는 어둠은 그렇게 부르는 자들 안의 어두움이었다 해가 지도록 끝없이 긴 줄의 장례 행렬, 뒤를 잇는 여인들의 머리에 쓴 삼베 보자기, 엮인 서사의 뿌리를 절단할 직선은 없었다

　동이 트는 아침, 진동하는 나무뿌리 향기와 이마를 씻는 바람은
　누가 붉은 금줄 드리워 말뚝을 박아둘 것인가
　　　　　　　　—「땅따먹기 -가파름에 대하여」부분 ②

이웃에 대한 연민(①)이 세계에 대한 연민(②)으로 이어졌다. "열강들"이 "아프리카 대륙을 조각내" 가질 수 있어도 아프리카 고유의 "서사의 뿌리를 절단할 직선"은 가질 수 없다. "동이 트는 아침", 그리고 "진동하는 나무뿌리 향기와 이마를 씻는 바람"을 조각내 가질 수 없는 것과 같다. 세계에 대한 '따뜻한(혹은 예리한)' 관심은 공감의 능력에서 비롯된다. 심상숙 시인은 '공감empathy의 명수'이다. 심상숙 시인의 감동적인 시편들을 말할 때 이것은 공감의 능력에 관해서이다. 공감의 능력이 세상을 살 만하고 견딜 만한 것으로 만든다.

쌍계사 입구 난전 좌판에 어성초를 담는 봉지 속 손마디
마른 대궁처럼 환하다
파묻힐 일밖에 남지 않았다는 혼잣말이
투명한 봉지 속으로 바스락거린다

기역자 등이 엉덩이를 치켜세울 때
땅바닥으로 얼굴 주름 쏟아지는데
흘러내리는 앞치마 폭에 마른풀 몇 가닥 달라붙어 있다

가을바람이 검불처럼 드나드는 천막 뒤로
몇 걸음 돌아앉아
할머니는 어성초 부서지는 소리를 낸다

아들이 오더니
어성초를 쓸어 담듯 할머니를 손수레에 가만히 담아 간다
앉아 있던 자리
오줌 자국 축축하다

—「어성초」 전문

140